LA
LÈPRE DÉVORANTE

D'APRÈS

M. L. GAMBETTA,

OU

CLÉRICALISME ET RADICALISME

POÉSIES

DÉDIÉES AUX MEMBRES DES CERCLES CATHOLIQUES,

OFFERTES A TOUS LES CONSERVATEURS,

PAR

JOSEPH ALBRAN.

ALAIS

IMPRIMERIE ADMINISTRATIVE ET COMMERC. J. MARTIN

Place Saint-Jean et rue Dumas, 5.

—

1877

LA
LÈPRE DÉVORANTE

D'APRÈS

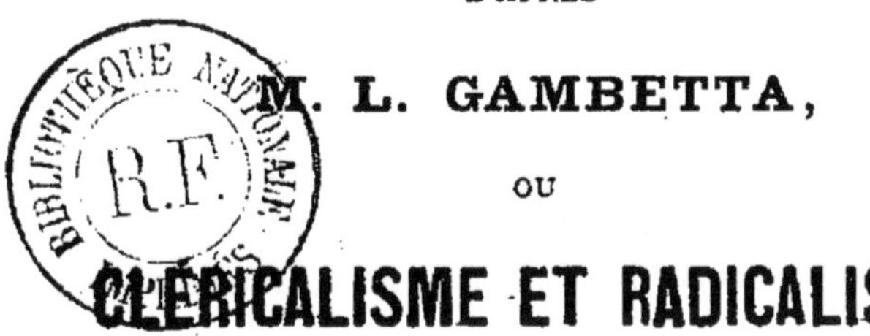

M. L. GAMBETTA,

OU

CLÉRICALISME ET RADICALISME

POÉSIES

DÉDIÉES AUX MEMBRES DES CERCLES CATHOLIQUES,

OFFERTES A TOUS LES CONSERVATEURS,

PAR

J OSEPH ALBRAN.

ALAIS

IMPRIMERIE ADMINISTRATIVE ET COMMERC. J. MARTIN

Place Saint-Jean et rue Dumas, 5.

1877

A MESSIEURS LES MEMBRES

J'offre à tous les conservateurs ces poésies nées de l'indignation que suscitent dans toute âme chrétienne tant de violentes attaques contre ce qu'il y a au monde de plus sacré et de plus nécessaire à la société : Dieu, la Religion, le prêtre, le monde surnaturel, l'âme humaine elle-même, l'armée enfin et la propriété.

Mais c'est à vous, Messieurs, que je dédie ce modeste travail, parce que vous êtes l'élément le plus actif et le plus sérieux de la conservation sociale si menacée de nos jours.

J'ai pris pour titre de cet opuscule le terme méprisant dont l'un des chefs les plus importants du radicalisme français a cru devoir se servir dans un discours solennel, pour qualifier ce clergé de votre pays, ces prêtres que vous aimez tant.

Dans la première partie, qui comprend « *les Lettres aux Cléricaux,* » j'emploie le ton satirique pour mettre davantage en relief le côté ridicule de ces odieuses théories, non moins que de certains faits qui en sont la conséquence pratique.

Dans la seconde partie, les sujets que je traite sont trop graves pour s'accommoder au genre plaisant.

Du reste, je puis me rendre ce témoignage, que pas un seul de ces vers m'a été inspiré par quelque haine ou même quelque antipathie personnelle. Je n'ai eu en vue que la vérité outragée.

Tout en gardant mes convictions politiques, que d'ailleurs la clause de révision insérée dans la Constitution qui nous régit permet à tout citoyen de manifester jusqu'en 1880, je respecte comme de juste le gouvernement établi. Je n'attaque que la Révolution athée, ce radicalisme contemporain dont le mot d'ordre est : *Guerre à Dieu, guerre à l'Eglise, guerre au parti clérical !* qui n'est autre chose que le catholicisme lui-même.

Relever le gant jeté par les ennemis de Dieu et de l'Eglise, c'est faire acte de chrétien sans doute, mais aussi de bon citoyen. Sans Religion, point de société. C'est la voix de Dieu même à laquelle les siècles font écho. Des politiques qui excluent Dieu de leurs fragiles Constitutions ne méritent pas ce nom, et leur œuvre est promise au néant que précéderont les convulsions d'une horrible agonie.

On voudrait, dans la mesure de ses forces, épargner à notre beau pays de France de semblables malheurs, en favorisant le retour des idées saines et des sentiments religieux dans l'âme de ce peuple égaré par de spécieux sophismes et le langage des passions.

Plutôt que d'exagérer, je suis resté en dessous de la vérité dans l'exposé des idées ou des actes de nos adversaires, comme il est facile de s'en convaincre par les *Notes* qui sont à la fin de l'opuscule, et par les citations qui accompagnent le titre des divers sujets traités.

Ces citations, que j'aurais pu étendre davantage, je les ai empruntées à la brochure « *Où allons-nous?* » de ce vaillant évêque d'Orléans, toujours sur la brèche quand il s'agit de défendre l'Eglise et la société. — Quelquefois, dans la deuxième partie, je leur ai opposé des textes tirés d'auteurs chrétiens ou même de l'Evangile.

Notes et citations ne justifient que trop les poésies que je suis heureux de vous présenter.

Si la faiblesse du talent de l'auteur est de nature à en compromettre le succès, d'un autre côté, la cause qu'il soutient et votre chaleureux appui sont presque une garantie de sérieuse réussite.

Je la souhaite dans l'intérêt de tous.

J. ALBRAN.

Alais, le 20 janvier 1877.

1ʳᵉ Lettre aux Cléricaux.

LA FRATERNITÉ RADICALE.

> Aujourd'hui comme toujours, le grand
> obstacle, le péril suprême, c'est le cléri-
> calisme. (L. BLANC aux électeurs du 5ᵐᵉ
> arrondissement, 9 octobre 1875.) — Il
> est un congrès que nous hâtons de tous
> nos efforts et qui sera d'une autre nature
> que celui de Liége. Il se tiendra dans la
> rue, celui-la, et nos fusils concluront. (Le
> citoyen JACQUELARD, congrès de Liége,
> 1865.)
> Vous devez repousser avant tout com-
> me une *vraie peste*, tous les candidats
> du parti clérical. (M. BARODET, *Lettres
> aux paysans.*)

I.

Fraternité ! voilà certe une douce chose,
Au soleil radical comme une fleur éclose !
Elle fait un seul cœur de tous les citoyens
Par elle resserrés dans les mêmes liens.
Que dis-je ? son essor dépasse les frontières ;
Aux peuples, elle crie : « Abaissez les barrières,
« Et généreusement qu'on se donne la main !
« L'ennemi d'aujourd'hui, l'ennemi de demain,
« C'est le seul clérical « la lèpre dévorante, »
« Qu'il vous faut balayer d'une commune entente.

« Il s'agit bien ici de Prussiens, de Français !
« D'une guerre sans but déplorant les excès,
« Peuples ! embrassez-vous, par-dessus les ruines
« Que plus que vos canons ont faites vos doctrines !
« Tout peuple est votre frère, excepté cependant
« Le clérical farouche et toujours menaçant. »

II.

Nous avons entendu ce langage sublime,
Et le seul clérical sera notre victime.
Nous comptons sur l'audace et surtout sur la peur
Qui de votre parti paralyse le cœur.
Pour arriver au but, il nous faut bien des têtes : (1)
Pour nous les refuser vous êtes trop honnêtes.
D'ailleurs, on ne peut mieux se montrer fraternel,
Qu'en chargeant nos fusils de vous ouvrir le ciel.
Parmi les radicaux tous n'ont pas ce grand zèle
Qui veut dans votre sang noyer notre querelle.
A vous faire martyrs tous ne sont pas d'humeur ; (2)
C'est un titre à leurs yeux qui vous vaut trop
                         [d'honneur.
Mais l'outrage insolent, la noire calomnie (3)
Qui fait que la vertu par le vice est honnie ;
Mais la délation, mais la mise hors la loi, (4)
Sont aux plus modérés, moyens de bon aloi.
L'on vous appellera : « La lèpre dévorante, » (5)
« Un danger pour la France et l'Europe tremblante,
« Un foyer de révolte au milieu de l'Etat,
« Dont il faut vous bannir et même avec éclat. »

« Si nous ne voulons pas qu'il scelle notre tombe,
« Il faut, dit celui-ci, que le papisme tombe ! » (6)
Contre la *Robe noire*, un monsieur Barodé
Demande que l'on forme un bataillon carré. (7)
— C'est à vous que l'on doit notre France envahie,
Et c'est vous qui l'avez honteusement trahie,
S'il faut du moins en croire un prince de renom,
Un brave merveilleux et de fougue et d'aplomb. (8)

III.

Ici vous protestez, nous lançant à la face,
De tous vos papalins le courage et l'audace.
Mais ces héros, par vous pompeusement vantés,
Puisque tant de mourir ils étaient enchantés,
N'eurent pas, à tout prendre, un si rare mérite.
Parbleu ! le bel exploit, quand l'humeur vous
[invite,
De donner de l'avant et de suivre son goût !
Mourir avec entrain... Egoïsme, après tout.
Notre bravoure à nous de sagesse est suivie :
Dans l'intérêt commun nous sauvons notre vie. (9)
Divers pays d'Europe ont eu l'insigne honneur
D'abriter sous leurs cieux notre prudente ardeur.
Mieux que tous vos exploits cette rare prudence
A servi la Patrie et défendu la France.
Allez, de cette France on connaît les amis !
Votre patriotisme est plus que compromis.
Il le serait à moins : vous complotez sans cesse ;
Votre calme béat n'est que de la finesse.

On vous dirait de cœur soumis à toute loi :
Point. C'est pure impuissance ou bien mauvaise foi ;
Et pour tout exprimer enfin d'une parole :
Moins que votre eau bénite on craint notre pétrole,
Et le Code civil moins que le *Syllabus*,
Ce code des erreurs et de tous les abus. (10)

IV.

Sans aller contre vous jusqu'au dernier supplice,
Notre fraternité veut que l'on vous punisse.
Votre foi nous outrage en nos temps de progrès ; (11)
Elle seule combat nos droits les plus sacrés.
Ah ! que ne pouvons-nous réduire à la misère,
Vos prêtres, vos curés, vrai fléau de la terre !
On voulait augmenter leur ration de pain :
Mais vainement pour eux on a tendu la main. (12)
Le pauvre en souffrira, dites-vous, eh ! qu'importe ?
Le pauvre qui s'en va frapper à cette porte,
Ne peut être, à coup sûr, qu'un pauvre clérical :
S'il souffre il a grand tort, et c'est un moindre mal.
Le Conseil de Paris nous a montré la voie :
La suivre avec ardeur doit être notre joie.
Son cœur est bienfaisant, mais son zèle est discret ;
De la charité vraie il connaît le secret.
Le radical a droit à toutes ses largesses ;
Le pauvre clérical... pas même à ses promesses.
Il vote à pleines mains pour les fils des pillards,
Il refuse une obole aux Sœurs, à leurs vieillards. (13)
Ayant à soulager cette double infortune,
Son cœur n'hésite pas : tout est pour la *Commune*.

Et, chose fort piquante ! il se peut que les Sœurs
A qui nous ménageons de semblables douceurs,
Soignent à l'hôpital les enfants ou la mère
D'un de ces *Communeux* qui par nos soins espère
Revoir bientôt la France, et pour lors se venger
De tous ces cléricaux dont il lui faut manger.

V.

N'en soyez point surpris : notre reconnaissance
A toujours pour compagne une froide prudence ;
Et par un sage esprit, notre fraternité
Sait à l'intelligence unir la charité.
Nos chefs au plus haut point portent cette sagesse
Qu'on regarde chez vous comme indigne faiblesse,
Parce que vous manquez d'esprit sinon de cœur.
Quand donc vous les verrez secourir le malheur,
Dans presque tous les cas permettez-vous de croire
Que c'est du bien d'autrui qu'ils vont se faire gloire :
Leur grand principe étant de ménager le leur.
Des paroles, toujours ; de l'argent, la lueur ;
Leur sang ? Y pensez-vous ? Si belle soit la cause,
Pour elle ils aiment mieux verser toute autre chose :
Par exemple, les flots d'un vin très généreux
Qu'ils boivent en l'honneur du peuple trop heureux
De se faire tuer pour eux aux barricades,
Tandis que ces Messieurs feront leurs escapades. (14)

2me Lettre aux Cléricaux.

L'ÉGALITÉ RADICALE.

> Dans l'ordre social nous voulons la *suppression de la propriété, l'abolition de l'hérédité.* (Congrès de Liége, 1865.) — Haine à la bourgeoisie, haine au capital, droit au travail. (G. CASSE, ibid.) — Pour nous, la République n'est qu'un instrument pour arriver à la solution de la question sociale. (Citoyen BONNET-DU-VERDIER, 19 pluviôse, an 84.)

I.

L'égalité ! peut-on caresser plus beau rêve ?
A le réaliser nous peinerons sans trève.
Ce monde est très mal fait, d'après le radical,
Qui ne voit rien de mieux, rien de plus idéal
Que le carré parfait. Conception profonde !
Il voudrait sur ce plan construire un nouveau
                         [monde ; (15)
Réduire l'univers à l'uniformité,
Et lui donner par là beaucoup plus de beauté.
La nuance n'aura que faire en ce système :
Des étoiles au ciel l'éclat sera le même ;
Les fleurs sur la colline auront mêmes senteurs,
Les montagnes seront à d'égales hauteurs;

Comme dans un miroir l'homme verra dans l'homme
Son visage, ses traits et tout son être en somme.
L'un ne sera pas plus que l'autre travailleur,
Econome, rangé, ni pire ni meilleur.
Nous ferons la leçon à l'aveugle Fortune
Qui nous traitera tous d'une façon commune.
Nous serons tous heureux, riches au même point,
De terres et d'esprit, et même d'embonpoint.
L'on ne verra plus l'un sur l'autre prendre empire,
Perpétuant ainsi la race du vampire.
Adieu, les présidents ! et vous, fiers dictateurs,
On ne subira plus vos injustes hauteurs !
Dans ce monde béni notre raison demande
Que, pour l'égalité, personne ne commande.
Sur le sol, sur l'esprit passons le grand niveau !
Qu'au physique, au moral, tout s'aligne au cordeau !

II.

Quelle est donc à Arcueil, cette villa charmante (16)
Qui d'un bois de rosiers émerge souriante ?
Et fait dire au passant rêveur : Sont-ils heureux,
Ces grands seigneurs ! pourquoi ne pas être comme
[eux ?
Oh ! j'approuve, ma foi ! le droit égalitaire
Qui me fera bientôt être propriétaire.
Et vivent les Raspail, nos amis d'aujourd'hui. —
Mais ce castel, brave homme, et ces champs sont
[à lui. —
Allons ! vous vous moquez ! Austère démocrate,
Il n'afficherait point des airs d'aristocrs'

Il est l'ami du peuple, il veut l'égalité :
Non, Raspail pour mentir a trop de probité.

. . . .

Au fait, plus d'une fois je me suis laissé dire
(Mais à ce vil propos comment oser souscrire?)
Que, plus qu'il n'en a l'air, un vrai républicain
Aime à trancher du grand, faire le châtelain.
Témoins nos proconsuls aux jours de nos défaites,
Qui dans leurs beaux hôtels célébraient leurs con-
[quêtes (17)
Dans l'ordre politique, en donnant des festins
Dont devraient faire fi tous ces fiers puritains ;
J'omets le blond cigare et la bombe glacée
Qu'affrontait sans pâlir leur bravoure insensée :
Et tout cela, dit-on, pendant que nos soldats
Mouraient de froid, de faim, en d'horribles combats.

III.

Voici dans la vallée une usine qui fume.....
Quel pénétrant parfum en avançant l'on hume!
Ah ! je m'y reconnais : c'est l'usine Menier,
Ami du *Bien public* et grand chocolatier. (18)
— Vous êtes, je le sais, amateur de nivôse :
C'est fort bien ; mais pour nous il s'agit d'autre
[chose.
Posant pour radical et de la plus belle eau,
Il faut vous abaisser jusqu'à notre niveau.
bien, distribuez à ce peuple qui souffre
qui par moment s'engouffre

Dans votre caisse pleine au point de regorger,
Tout au moins faudrait-il dorénavant songer
A fabriquer pour tous votre excellente pâte,
Dont l'égalité veut que tout le monde tâte.
Si vous ne le faisiez, le clérical railleur
Dirait : Monsieur Menier est encore un farceur.

IV.

Avez-vous vu d'Antin sortir cet équipage ?
Deux superbes chevaux lui livrent un passage
Parmi des flots humains qui reculent pressés
Jusques sur le trottoir de peur d'être écrasés.
C'est lui ! vous savez bien ? « la lèpre dévorante. »
Qui ? lui ? le grand Léon ? en calèche élégante ?
— Cocher, vite, arrêtez ! et vous, noble Léon,
De par l'égalité, marchez en piéton !
Puissiez-vous expier tant de marches forcées, (19)
Qu'un jour vous fîtes faire à nos troupes lassées !

V.

O sainte égalité ! comme tes zélateurs
Abusent de ton nom et de leurs électeurs !
Et comme ils doivent rire en faisant ta louange,
De penser qu'un crétin pour sortir de sa fange,
N'a souvent qu'à hurler : Vive l'égalité
Dont il va se moquer une fois député !

3me Lettre aux Cléricaux.

LA LIBERTÉ RADICALE.

> Encore une fois, la *liberté*, la *tolérance*,
> la *libre discussion* ne nous feront pas
> gagner un pouce de terrain dans cette
> lutte... Il faut que nous sachions *user de
> la contrainte. La force c'est le droit.* —
> (*Revue de Belgique* publiée par M. de
> LAVELEYE, professeur à l'Université de
> Liége, dont la *Revue des Deux-Mondes*
> publie souvent les articles.)
> En lisant le récit des *exploits* de 93,
> nous n'éprouvons aucune horreur, nous
> désirerions plutôt *qu'ils se renouvelas-
> sent,* si la chose pouvait se faire sans
> heurter la conscience publique. (M. LAU-
> RENT, professeur à l'Université de Gand.
> — *Etudes sur l'histoire de l'humanité.*)

I.

Messieurs les cléricaux, il faut enfin s'entendre :
Il est des biens auxquels vous ne pouvez prétendre ;
Et cela sans blesser l'aimable égalité
Dont le royal domaine est par nous limité.
Ainsi le veut, Messieurs, la nature des choses.
L'ordre primordial et ses profondes causes.
Vous ne comprenez rien peut-être à l'argument :
Il n'en est pas moins bon, croyez-le fermement.

Pour nous, la liberté, c'est le droit de tout dire,
Tout faire, tout oser, même se contredire.
Nous usons largement de la permission,
Suivant notre intérêt, selon l'occasion.
Nous sommes au-dessus de la loi du vulgaire ;
Notre sphère se meut par-delà toute sphère.
Certes, nous honorons le vote universel :
C'est là notre fétiche et l'urne est notre autel.
Eh bien ! l'on nous a vus, pour nos propres
[affaires, (20)
Renverser de nos mains les urnes populaires ;
Et mettant à profit le commun désarroi,
A notre ambition faire plier la loi ;
Des élus du public recueillir l'héritage,
Au mépris de tout droit, au mépris du suffrage.
Le vote universel peut parfois s'égarer,
Sur un nom clérical par hasard se porter,
Ou même s'obstiner, malgré nos artifices,
Et quoi que nous fassions, à suivre ses caprices.
Il faut bien dans ce cas prendre quelque moyen
De parer aux écarts de notre souverain,
Qui par trop de candeur un jour se croyant maître,
Finirait par nous perdre et par tout compromettre.
Donc pour neutraliser sa funeste action,
Nous avons inventé l'*Invalidation*. (21)

II.

La machine est montée et vraiment fait merveille ;
La France n'avait vu jamais chose pareille.

Au premier tour l'enquête, au second les débats;
Le scrutin au troisième : et mon homme est à bas.
Le vote universel maltraité de la sorte
Murmure un tantinet : Au fond, que nous importe ?
Pour adoucir sa plaie et calmer ses esprits,
Nous proclamons plus fort sa justice et son prix.

III.

Ne croyez pas pourtant qu'un si grand sacrifice
Sans nul déchirement pour le cœur s'accomplisse.
Frapper la liberté, quel pénible devoir
Pour un républicain ! qui voudrait tant la voir
Régner en souveraine, étendre son empire
Sur la terre arrachée à ce cruel vampire
Qu'on nomme Royauté : nid rempli de tyrans,
Saturne sans pitié dévorant ses enfants !
Mais le devoir est là, la cause le demande :
La nature obéit où la raison commande.
Une loi qui nous gêne, à proprement parler,
Cesse d'être une loi qu'on ne puisse immoler. (22)
Il ne peut exister de droit contraire au nôtre.
Ou pour mieux dire encor : il n'en est aucun autre.
Tout ce qui le soutient doit passer pour permis ;
De ce qui le combat nous sommes ennemis.
Voilà bien en deux mots la règle de conduite
Qui de nos actions ordonne et fait la suite.
Ainsi, vous le voyez, la liberté pour tous
Est simplement un leurre, un mot d'ordre pour
                                    [nous.

La liberté pour tous est un libéralisme
Que ne saurait souffrir notre radicalisme.
Nous bouleverserons plutôt toutes les lois,
Que de vous conserver vos places, vos emplois ;
Ou même, qui plus est, plutôt que de permettre
Qu'au partage équitable on puisse vous admettre.
De notre République autre opération
Fondamentale encor : c'est l'*Epuration*. (23)

IV.

En vous invalidant nous étouffons le germe
D'un hostile avenir qui crève avant le terme ;
Par l'*épuration* notre pouvoir s'assied,
Le présent s'affermit et nous voilà sur pied.
Epurer ! A lui seul, ce mot vaut un poème.
Voyez avec quel art il drape le système
Qui mis à découvert serait fort odieux
Et dans sa nudité sauterait trop aux yeux !
Nous vous chassons, c'est vrai, pour nous mettre
                                   [à vos places ;
Mais loin de se fâcher, le pays nous rend grâces,
Parce que votre exil est fait pour l'assainir,
Et qu'il est trop heureux, à ce prix, d'obtenir
Un lustre aussi brillant, une gloire aussi rare
Que celle d'être pur comme un bloc de Carrare.
On pourrait objecter qu'un bon gouvernement
S'accommode assez mal de tant de changement ;
Que la direction de la chose publique
Exige de l'étude et beaucoup de pratique ;

Que ce chassé-croisé manque de dignité
Et ravit tout prestige à toute autorité
Qui passe sans honneur, ne laissant point de trace,
Comme au désert un pas que le simoun efface.

V.

C'est fort bien raisonner, beaucoup trop bien pour
[nous
Qui d'honneurs et d'argent sommes assez jaloux.
Heureusement, Messieurs, que le bon populaire
Est, en France surtout, facile à satisfaire.
De l'homme l'on a dit que c'est un grand en-
[fant ; (24)
C'est du Français d'abord que la chose s'entend.
Il en a les vertus, il en a les caprices ;
Loyal et généreux, peu propre aux artifices,
Il renversera tout pour un colifichet,
Se battra pour un mot, pour un futil jouet.
Il a de temps en temps d'incroyables marottes ;
Pour elles, il fera les choses les plus sottes.
Saisissez le moment, donnez l'os à ronger ;
Il vous suivra docile et sans même y songer.
Nous avons de ces mots qui grisent le bonhomme,
Et nous font pardonner les coups dont on l'assomme.
Tout en accordant moins nous autres radicaux,
A ses yeux nous serons plus que vous libéraux.
C'est l'affaire d'un mot que votre conscience
Se refuse à lancer : le mot de *Tolérance.*
Vous êtes mille fois plus que nous tolérants (25)
Et n'êtes point du bois dont on fait les tyrans.

Mais plutôt les martyrs ainsi que les otages :
Nuance délicate inconnue aux vieux âges.
Pourquoi donc la victime est-elle l'assassin,
Aux yeux de ce Français que l'on dit si malin ?
Pourquoi, vous qu'on dévore à belle dent tran-
[chante,
Etes-vous appelés « la lèpre dévorante ? »
Je le répète encor : c'est l'affaire d'un mot
Pris par nous dans un sens impossible et très sot.

VI.

Car enfin nous savons que cette *tolérance*
Au sens que nous donnons, dégénère en licence ;
Qu'il est certains écarts de l'esprit et du cœur
Qu'on ne peut tolérer sans déchoir de l'honneur ;
Que telle théorie équivaut presque au crime,
Et mérite autre chose, à coup sûr, que l'estime ;
Que nulle part au monde une société
Ne souffrira chez elle entière liberté ;
Que le signe du vrai, s'il s'agit de doctrine, (26)
N'est pas cette souplesse et d'esprit et d'échine,
Qui dit toujours à tous : « Oui vous avez raison ;
« *Oui* n'est pas condamnable ; on peut dire aussi :
[non. »
Nous savons tout cela, mais nous savons encore
Que c'est d'autre façon qu'on conduit la pécore.

VII.

Le bon peuple Français veut être garrotté ;
Mais il faut lui crier : Vive la liberté !

Ce chant délicieux le transporte et l'enflamme :
C'est alors qu'il vous livre et son cœur et son âme.
Soyez intolérants autant qu'il vous plaira ;
Prônez la tolérance : il vous écoutera.
Mangez du clérical, aboyez contre Rome ,
Du lion vous ferez votre bête de somme.
Voilà de nos succès, voilà tout le secret !
De vous l'avoir livré j'ai déjà le regret...
Mais non. Pour en user, il vous manque l'audace ;
Jamais vous n'avez su composer votre face.
La passion du vrai vous abuse et vous perd,
Et votre politique est trop à découvert.
Vous êtes trop carrés pour la machine ronde,
Et vous n'entendez rien aux affaires du monde.
Vous y mettez, Messieurs, beaucoup trop de façon :
Et l'on n'amorce pas ainsi son hameçon.

4me Lettre aux Cléricaux.

L'AMOUR DU RADICAL
POUR LA FRANCE.

> La lutte engagée par les chefs républi-
> cains contre le catholicisme est aussi
> heureuse pour l'Allemagne et sera aussi
> féconde pour elle, que le triomphe des
> armées allemandes en 1870-71. (Un jour-
> nal républicain de Belgique cité par le
> *Français,* 7 avril 1876.) — Dans l'ordre
> politique, nous voulons arriver, par la
> réalisation de l'idée républicaine, à la
> fédération des peuples et à la solidarité
> des individus. (Congrès de Liége.)

I.

L'amour du radical pour la France sa mère,
A force d'être vif semble être une chimère.
Non, jamais on ne vit dans aucun âge ancien
Un dévoûment qui pût se comparer au sien.
C'est une passion qui touche au paroxysme,
Une fureur sans nom que ce patriotisme.
Elle éclate d'abord en sublimes accents
Qui donnent le frisson et transportent le sens.
« Mourir pour la Patrie, est le sort le plus beau,
« Le plus digne d'envie. » — Ah ! c'est un grand
                                                    [fléau

Pour une nation que celui de la guerre ;
Mais quand nous entendons une chanson si fière,
Vrai, nous n'y tenons plus. « Aux armes, citoyens !
« Versons le sang impur... et par tous les moyens
« Repoussons l'ennemi ! » Sublime *Marseillaise*,
C'est toi vraiment qui fis la victoire française !
Cet amour de la France est même un peu trop fort ;
Il s'égare parfois, j'en conviens. Son effort
N'a pas toujours été, selon toute apparence,
Guidé par le bon sens, réglé par la prudence.
Nous avons applaudi la Prusse à Sadowa, (27)
Et poussé de bonheur un éclatant hourra
Quand l'Italie enfin put s'installer à Rome.
La campagne nous fut, je crois, funeste en somme ;
Funeste à notre honneur, à notre grand crédit,
Même à notre avenir, d'après ce que l'on dit.

II.

Il est beau d'avoir fait pourtant l'Italie une !
Elle nous en sut gré ; car dans notre infortune
On la vit accourir à la voix d'un héros (28)
Qui nous avait jadis un peu montré son dos.
« O grand Garibaldi ! que pure est ta mémoire !
« Noble ton dévoûment et féconde ta gloire !
« Tu seras notre type aux âges à venir :
« Apre à l'émargement auquel il faut tenir ; (29)
« Contre le clérical lion rempli de rage ;
« A l'égard du plus fort agneau timide et sage.
« Dans ton île, ô héros ! va, dors en paix ! Dijon (30)
« Longtemps avec amour murmurera ton nom ! »

III.

Que de faits éclatant de pur patriotisme
Illustrèrent alors notre radicalisme !
L'empire escamoté, le pouvoir pris d'assaut
A la faveur du trouble et quand tout fait défaut;
Au vote universel des entorses données ;
Des bulletins mentant aux foules étonnées ; (31)
Un facond avocat se faisant le dieu Mars,
Conduisant à la mort vieux soldats, jeunes gars ;
S'évadant en ballon pour l'amour de la France,
Et du coin de son feu dirigeant la *Défense*.
Puis, lorsque la *Commune* incendiait Paris,
Et qu'il fallut marcher contre tous ces bandits,
Le prudent dictateur vite fuyant l'orage, (32)
Et dans Saint-Sébastien enfermant son courage.
On n'a pas oublié l'armistice conclu
Dont par distraction nous vîmes l'Est exclu. (33)
O Jules ! tu fus beau quand, le doigt sur la
[carte, (34)
Au pays tu disais, te souvenant de Sparte :
« Pas un pied de terrain, pas la pierre d'un fort. »
Mais il fallut céder à la rigueur du sort.
Par exemple, à Bordeaux, la France fut ingrate :
Elle nous oubliait bien qu'au fond démocrate.
Mais bientôt, comprenant pour elle notre ardeur,
Elle revint, pleurant, sur sa première erreur.
A gagner le grand Thiers nous n'eûmes pas de
[peine ;
Il connut néanmoins la roche Tarpéienne.

Pourquoi donc le vieillard si fin, si cauteleux
Appela-t-il un jour Léon « fou furieux ? »
Il n'adresserait plus aujourd'hui cette injure
A ce grand citoyen d'une si noble allure.
Le *cheval de renfort* et le *fou furieux*
Se sont enfin compris ! Rendons grâces aux Dieux !
Leur accord nous promet une ère incomparable
De paix, d'honnêteté, de grandeur ineffable.
L'*illustre* Thiers pourtant est un peu clérical, (35)
De notre République un jour il parla mal. (36)
Je le regrette fort ; et c'est vraiment dommage
Qu'un esprit si français, si libéral, si sage,
Ne se dépouille pas de ce sot préjugé
Qui fait que pour beaucoup le grand homme est
                                        [jugé.
Qu'il mange donc du prêtre, et d'une voix tonnante,
Qu'il dénonce à grands cris « la lèpre dévorante ! »
Dans la lice dès lors il rentrera vainqueur
Précédé de Léon bientôt son successeur,
Tandis que le Prussien, oubliant sa querelle,
Lui donnera de cœur l'étreinte fraternelle,
Lui disant : Désormais ne soyons plus rivaux,
Si ce n'est pour la guerre à faire aux cléricaux !

IV.

Tous les deux ils auront leur place dans l'his-
                                [toire : (37)
Leur abnégation leur vaudra cette gloire.
Un jour, elle dira : « Ces deux grands citoyens
« Pour diviser l'Etat avaient tous les moyens ;

« Mais ils ont préféré faire acte de civisme,
« Et ne point intriguer par pur patriotisme.
« Sur leur tombe, en passant, Français, versez un
[pleur :
« De la France ci-gît et l'espoir et l'honneur ! ! !

5me Lettre aux Cléricaux.

L'AMOUR DU RADICAL

POUR LE PEUPLE.

> Il nous faut, pour nous venger des Ver-
> saillais, 230,000 têtes (*Ami du Peuple,*
> 20 mars 1876). — Haine à la bourgeoisie !
> haine au capital ! (Congrès de Liége,
> M. Germain CASSE.)

Le peuple ! A ce mot seul je sens couler mes
[larmes ;
Il cause notre joie, il cause nos alarmes.
Le peuple est notre enfant : nous serons son soutien ;
Le peuple est notre roi : respect au souverain !
Nous lui devons d'abord, comme à ce que l'on aime,
La pure vérité : c'est là le bien suprême.
Or, cette vérité n'est pas ce qu'on la fait ; (38)
Seul, le radicalisme en garde le bienfait.

Notre symbole est court ; il n'a qu'un mot : science !
Science, tout est là : morale, conscience, (39)
Et Dieu lui-même, enfin, que nous avons biffé
Du code de nos lois : sublime auto-da-fé !
O raison ! te voilà maintenant affranchie
De ces liens honteux de toute monarchie,
De l'ancien despotisme instruments obligés.
Peuples ! de ce fardeau vous êtes allégés.
N'est-ce pas qu'aujourd'hui vous respirez à l'aise,
Tout heureux d'obéir à quelqu'un qui vous plaise ;
Charmés de le servir, de lui payer l'impôt,
En attendant de mettre un jour la poule au pot ?
Les peuples autrefois servaient leur Dieu dans
                        [l'homme ;
C'était fier sûrement, mais trop mystique en
                        [somme.
C'est à l'homme aujourd'hui que l'homme se sou-
                        [met : (40)
De l'honneur c'est d'un bond arriver au sommet.

II.

Dieu biffé, le devoir devient chose confuse ;
La loi s'explique peu, son influence s'use.
La liberté bientôt n'aura plus aucun frein.
Pille, massacre et tue, ô peuple souverain !
Voyez-vous le lion, le lion populaire ?
Il agite en grondant sa superbe crinière ;
Il bondit de bonheur, s'élance en rugissant,
Il déchire sa proie ; il est repu, content,

O peuple ! c'est fort bien. Le bourgeois s'épouvante,
Le capital s'enfuit. La « lèpre dévorante, »
Ce n'est plus le clergé par ta main massacré :
C'est toi, peuple sans Dieu, c'est toi, peuple adoré !
Fais vite, ô mon lion ! pille, dévore encore !
Car voici ton dompteur, ce dompteur que j'abhore :
C'est César Main-de-Fer ! il va te museler,
Te faire entrer en cage... et puis, te fouailler.

III.

Ne garde contre nous, peuple, point de rancune !
Notre amour te suivra jusqu'en ton infortune.
Nous allons te venger en criant au tyran,
Culbuter le César et te rendre ton rang.
Entends ! nous y voilà !... L'émeute gronde encore.
De la liberté sainte, oh ! regarde l'aurore :
Dieu proscrit de nouveau, les autels renversés,
Les sbires du pouvoir sur tout point dispersés.
Chante encore une fois, dominant sur le monde,
La liberté sans Dieu, seule vraiment féconde,
Et les biens dans ton sein par nos soins entassés !
. . . .
Seulement paie encor pour nous les pots cassés.

DEUXIÈME PARTIE.

AUX RADICAUX.

> Quelques hommes de l'époque où nous vivons m'ont paru, dans certains moments, s'élever jusqu'à la haine pour la divinité ; mais cet affreux tour de force n'est pas nécessaire pour rendre inutiles les plus grands efforts constituants : L'oubli seul du grand Etre (je ne dis pas le mépris) est un anathème irrévocable sur les ouvrages humains qui en sont flétris. (DE MAISTRE, *Considérations sur la France*, chap. 5.)

Ainsi, c'est convenu : le déshonneur suprême,
Celui qui contre soi déchaîne l'anathème
D'une foule imbécile, est d'être clérical ;
Tandis que tout honneur est pour le radical.
A l'égard du premier toute insulte est permise ;
Le mépris est un droit ; l'injustice de mise.
Le dernier au contraire est un être sacré,
D'une honorable paix par son titre assuré.
Le clérical est dit : « la lèpre dévorante »
Qui ronge ignoblement notre France mourante.
Le radical, beau fruit du vote universel,
En est tout à la fois et la gloire et le sel.
Le clérical est lâche et traître à la patrie
Que par son infamie il a toujours flétrie.

Le radical pour elle a répandu son sang,
Et par ses beaux exploits a maintenu son rang.
Le clérical conspire et s'agite dans l'ombre.
Pour ramener sur nous son jour sanglant et sombre ;
Le radical fidèle et soumis à la loi
Souffre sans comploter, se tait et se tient coi.
L'ennemi contre qui doit s'armer toute haine,
C'est lui, le clérical, créature inhumaine,
Cause de tous nos maux, obstacle à nos progrès,
Superbe contempteur des droits les plus sacrés.
Qu'on le traque partout comme une bête fauve !
A ce prix seulement la France sera sauve.
Qu'on le mette hors la loi ! Pour lui la liberté
Doit être lettre morte et sans réalité.
La tolérance ici serait pure faiblesse,
Et la justice même, insigne maladresse.
Telles sont contre nous les charmantes douceurs
Qu'on débite sans cesse.... Oh ! sinistres farceurs !
A défaut de la loi, j'ai pris pour nous défendre
Cette arme que des mains l'on ne saurait nous
                          [prendre :
L'austère vérité présentée au lecteur
Sur un ton dégagé, point haineux, mais railleur.
Il faut dès maintenant que je change de lyre ;
On ne doit pas toujours employer la satyre
Qui pour ces nouveaux chants serait hors de saison :
C'est à vous de juger, lecteur, si j'ai raison.

LA LÈPRE DÉVORANTE.

> C'est là qu'est le péril, non-seulement
> français, mais européen... C'est là qu'est
> l'anarchie, le désordre et la haine. (M. L.
> GAMBETTA parlant du clergé, discours de
> Lille.)
>
> Qui vous méprise, me méprise; qui me
> méprise, méprise celui qui m'a envoyé.
> (Luc, X, 16.)
>
> Les évêques ont fait le royaume de
> France. (GIBBON, *Histoire de la décaden-
> ce*, chap. 38.)
>
> — Oui, le clergé de France peut dire
> aujourd'hui (comme autrefois J.-C.): J'ai
> fait parmi vous beaucoup de bonnes œu-
> vres. Dites-moi pour laquelle de ces
> œuvres vous nous lapidez. (Mᵍʳ DUPAN-
> LOUP au Sénat, 23 décembre 1876.)

Rayonnant de puissance et de grâce divines,
Un homme un jour parut. Les plaines, les collines,
Bourgs rustiques, cités, rivages de la mer,
Solitudes des monts, silence du désert :
Tout fut rempli de lui, du bruit de sa parole ;
Tout vit de sa vertu resplendir l'auréole.
« Non, jamais, s'écria le juif émerveillé, (41)
« Jamais comme cet homme un homme n'a parlé !
« Quel est donc ce Jésus qui soumet la nature
« Et la fait à sa voix obéir sans murmure ? »
Sa puissance d'ailleurs éclatait en bienfaits ;
Sa présence apportait dans tous les lieux la paix.

Il guérissait les corps, il éclairait les âmes,
Il vivifiait tout de ces sublimes flammes
Qu'il venait, disait-il, sur la terre allumer : (42)
Les flammes d'un amour prêt à se consumer.
Puis, de ce grand amour, pour nous donner la
[preuve,
D'une sanglante mort il accepte l'épreuve.
Le sang de l'Homme-Dieu sur la croix répandu
Fut la grande rançon du genre humain perdu.
Triomphant de la mort qu'il sut rendre féconde,
Pour les cieux sa patrie, il quitte enfin ce monde.

II.

Mais tout en le quittant, son œuvre a survécu : (43)
Le Christ revit par elle et par elle a vaincu.
Le radieux flambeau de sa pure doctrine (44)
Brille dans son église et, là, nous illumine,
Lorsque les passions et l'orgueil font la nuit.
Qui ne veut pas périr le recherche et le suit.
Ses aimables clartés ont réjoui la terre,
Consolé le malheur délaissé, solitaire ;
Montré de loin le ciel à l'enfant orphelin,
Adouci pour nous tous la rigueur du destin.
La foi de l'esclavage a fait tomber les chaînes,
Assoupli le barbare et rendu plus humaines
Du pouvoir respecté la puissance et les mœurs.
Les nations ont dit : Désormais soyons sœurs !
Même elle enchaînerait le démon de la guerre (45)
Si chacune acceptait son règne salutaire.

Que l'univers entier se prenne à ses appas :
Il goûtera la paix qu'il ne connaissait pas.
La joie habitera la plus triste chaumière,
Quand sur elle la foi versera sa lumière.
L'ouvrier se dira, creusant son dur sillon :
« Ici-bas le travail et là-haut la moisson ! »
La foi, dans tous les cœurs répandant l'espérance,
Centuple le bonheur, allége la souffrance.
Elle écarte la haine, elle inspire l'amour :
L'amour ferait un ciel du terrestre séjour.
Eh bien ! ces beaux trésors d'amour et de lumière,
Comme d'un Océan sans fond et sans barrière,
Venus du cœur du Christ, Dieu les a déposés
Dans un cœur tout humain pour être déversés
Sur les faibles mortels qu'il aime comme un père.

III.

Cet homme est revêtu d'un sacré caractère.
Près des peuples il est de Dieu l'ambassadeur ; (46)
Entre le peuple et Dieu c'est le médiateur.
Il bénit les berceaux, il consacre la tombe ;
Il porte le pardon à l'âme qui succombe ;
Il instruit les enfants, console le vieillard ;
Il dit au pécheur : Non, il n'est jamais trop tard !
Il donne à l'indigent sans abri, sans ressource,
Un toit, un peu de pain, quelques sous de sa bourse ;
Car lui-même est du peuple et n'a pas grand
                                [argent : (47)
C'est le pauvre qui vient en aide à l'indigent.

Il voit peu le château, plus souvent la mansarde
Avec son dénûment, son mur qui se lézarde,
Son grabat et sa paille, et son foyer sans feu,
Et quelquefois, hélas ! ses habitants sans Dieu.
Le radical ici brille par son absence ;
Il ne peut supporter l'aspect de l'indigence.
Au pauvre, il donnera..... sa prose en un journal,
Et force coups de langue au prêtre, au clérical.
Lui, ce prêtre maudit, il achète la paille
Où dorment les petits; trouve, vaille que vaille,
Au père, quelque état qui lui donne du pain,
Et le fait sans frayeur songer au lendemain.
Mais au foyer c'est Dieu que surtout il ramène
Avec le plus de joie. Alors, comme sa peine
Est bien vite oubliée ! Et quel est son bonheur
De penser qu'au taudis on bénit le Seigneur !

IV.

Cependant des fléaux la lugubre cohorte
S'abat sur le pays : la pâle mort l'escorte.
C'est la guerre qui fauche ainsi que des épis
Les rangs de nos soldats par la poudre noircis.
A nos pauvres blessés qui portera remède ?
Au moment de mourir qui donc sera leur aide ?
Et morts, qui leur rendra les funèbres honneurs,
S'ils succombent surtout au pays des vainqueurs ?
Qui ? Vous le savez bien, vous les compagnons d'armes
De ces braves tombés au milieu des alarmes
De la patrie en deuil. Pour vous, ce souvenir
Triste et doux à la fois n'est pas près de périr.

Et vous nommez, émus, tout au fond de votre
[âme, (48)
Ce frère Ignorantin, ce prêtre, cette femme
A qui l'on disait : « Sœur » et dont le dévoûment
Suppléait votre mère à ce cruel moment.

. . . .

Mais la guerre a pris fin. De ces champs de carnage
Monte vers le ciel bleu comme un léger nuage.
Sous ce voile flottant, grand Dieu ! se cache encor,
Pour paraître bientôt, le spectre de la mort
Plus hideux que jamais. Comme un coup de tonnerre
Qui dans un ciel serein éclate et nous atterre,
A retenti ce cri, cette horrible clameur :
« La peste est parmi nous ! La peste, quel malheur ! »
Dans les mornes cités se fait la solitude ;
Sur tous les fronts pensifs plane l'inquiétude.
Tout s'épouvante et fuit. On laisse les mourants
Sans aucune ressource et partout expirants.
Non, je me trompe. Il est, dans cette chambre vide,
Il est quelqu'un penché sur la face livide
Du pauvre moribond. Il lui montre les cieux,
Etend sur lui la main et lui ferme les yeux.
Ce quelqu'un que l'on voit près de toute agonie,
Courtisan du malheur et bienfaisant génie,
C'est encor ce prêtre, encor ce clérical
Qui recherche tout bien et ne hait que le mal.

V.

Et vous l'avez nommé « la lèpre dévorante »
Ameutant contre lui la haine frémissante !

On ne se permet pas de semblables excès
Quand on a de l'honneur et qu'on se dit Français.
Français ? Si vous l'étiez, vous auriez de la joie
A vous ressouvenir qu'aujourd'hui votre proie,
Cette France jadis eut pour premier berceau
Les fronts sacrés de Reims et leur gothique arceau ;
Que son premier parrain, ou, mieux encor, son
[père, (49)
Fut ce noble clergé qui la fit si prospère,
Et que vous traitez, vous, l'avocat de Cahors,
De lèpre dévorante et que l'on met dehors.
« Petit ! petit ! petit ! » dit Hugo de l'Empire ;
Petit ! petit ! petit ! mieux encor puis-je dire !

A propos de la suppression de l'aumônerie militaire, votée par la Chambre des députés. (Session extraordinaire 1876.) — (50).

PRÊTRE & SOLDAT.

> L'armée existe, c'est un fait. Il s'impose. — Discuter le cancer ne le guérit pas. Le fer seul réussit quelquefois.
> *(Droits de l'homme.)*
>
> La France est née d'un acte de foi sur un champ de bataille. (Proclamation du commandant d'ALBIOUSSE aux zouaves de Charette blessé, décembre 1870.)

Pour la société Dieu les a faits tous deux,
Et des devoirs communs les unissent entr'eux.
Le prêtre la bénit au nom de Dieu lui-même,
Et du ciel en courroux détourne l'anathème,
Lorsque montent vers lui, détestables vapeurs,
Tous les crimes sortis des bas-fonds de nos cœurs.
Puis, quand de Dieu commence à s'éteindre l'idée,
Que la raison n'est plus par ce flambeau guidée ;
Lorsque la nuit se fait dans les âmes sans foi,
Quand le vice est sans honte et jouir, toute loi ;
Lorsqu'on entend déjà rugir au sein de l'ombre
L'athéisme, ce monstre à l'air farouche et sombre,
Le prêtre est toujours là pour proclamer les droits
Que le ciel a sur tous, sur tous : peuples et rois.

Au moment de sombrer dans le profond abîme
Ouvert sous le vaisseau, lui, pilote sublime,
Il voudrait jeter l'ancre en attendant le port :
Cette ancre de la foi qui sauve de la mort.
Il voudrait, au moment où la guerre civile
Va remplir de fureurs la campagne et la ville,
Au nom du Dieu d'amour apaiser les esprits :
De ce calme, s'il faut, donnant son sang pour prix.
Du prêtre voilà bien la grande politique,   [(51)
Celle du dévoûment, de l'amour héroïque ;
Maintenant tous les droits et prêchant tout devoir :
Fondement sur lequel tout peuple doit s'asseoir.
Ainsi l'avaient compris Athènes comme Rome,
Et Juda comme Assur : le prêtre était l'arome
Dont la vertu puissante assainit les Etats ;
La lumière d'en-haut qui dirige nos pas.
C'est lui qu'on consultait dans la paix, dans la guerre,
Car, par lui c'était Dieu qui parlait à la terre.
Aussi son caractère était-il en honneur :
Tant on en comprenait la sublime grandeur !

II.

Les temps sont bien changés ! Dans notre siècle athée
La plume qui l'insulte est fort cher achetée.
Et puis, le jour venu, lorsque l'émeute gronde, (52)
La place de ce prêtre est au chemin de ronde......
Il tombe fusillé..... Mais combien avec lui
De choses tomberont dont il était l'appui !
Du temple social la colonne première
Nous menace, en croulant, d'une ruine entière.

Par tes larmes, ô peuple ! il te faut effacer
Ce sang sacerdotal qui te ferait glisser
Sur ce chemin obscur qui conduit aux abîmes
Où t'appellent les cris de tes saintes victimes.

III.

« Mais, diras-tu, l'armée est encore debout,
Et l'armée est la force, et la force, c'est tout. »
Tu n'as pas à compter sur cette autre ressource :
Le soldat dans la foi puise comme à leur source
Le mépris de la mort, le respect du devoir.
Eloigné de l'autel vous pourrez bientôt voir
Ce que peut le soldat pour sauver la patrie ;
Sans la foi, sa vaillance en son âme flétrie
Servira d'instrument au parti qui voudra
Triompher pour son compte et qui l'achètera.
Devant les partisans de l'émeute sanglante,
La rougeur sur le front et d'une main tremblante,
On le verra soudain lever la crosse en l'air (53)
Et contre sa patrie enfin tourner le fer.
C'est alors qu'appelé par nos tristes discordes,
L'étranger poussera ses innombrables hordes
Sur le sol frémissant des pas de leurs chevaux.
Place à l'invasion, le fléau des fléaux !
Vainement voudriez-vous lui barrer le passage :
A ce peuple sans Dieu, de Dieu c'est le message.
Laissez, laissez passer la justice de Dieu.
. . . .
Sans prêtre ni soldat on ne fait pas long feu.

A propos de la question des honneurs funèbres.

LE DERNIER TERME

DU RADICALISME ATHÉE.

> Toutes les institutions imaginables reposent sur une idée religieuse ou ne font que passer.
>
> (De MAISTRE. — *Considérations sur la France*, chap. 5).

Vous savez ce que c'est que vivre loin de Dieu.
Mais en le reniant descendre au sombre lieu ;
Le blasphème à la bouche et le mépris dans l'âme,
Sentir s'éteindre en soi tout à coup cette flamme
Qu'on appelle la vie, et puis..... fuir dans la nuit,
Cette nuit sans étoile où nul œil ne vous suit ,
Si ce n'est l'œil de Dieu qui juge la mort même
Et déjà fait peser sur elle l'anathème :
Savez-vous ce que c'est ? Si vous ne tremblez pas
Devant l'horreur sans nom d'un semblable trépas,
Si surtout vous louez cette bravade folle
De l'homme révolté contre cette parole :
« Je suis celui qui suis ; tu n'aimeras que moi,
« Et pour moi ton prochain : c'est là toute la loi ; »

Si vous voulez fêter cette mort insensée,
Ce triomphe maudit de la libre-pensée :
Arrière, vous dirai-je ! Eh ! Qui donc êtes-vous,
Pour oser du Dieu fort braver l'ardent courroux ?
Mais quel nom vous donner si vous poussez l'audace
Jusqu'à vouloir autour de ce convoi qui passe
Morne et silencieux, sans le prêtre et sans croix,
Le drapeau de la France et le soldat qui croit ?
Et que prétendez-vous par cette rage impie
Que l'on serait en droit de prendre pour folie ?
Vous voulez, dites-vous, la stricte égalité,
Il n'est point à vos yeux erreur ni vérité.
Le mal est toute loi qui gêne la nature,
Aux appétits grossiers refusant la pâture.
Le bien, c'est de jouir ainsi que l'animal
Pour qui vivre d'instinct est un état normal.
Et voilà vos progrès, et voilà vos lumières ;
Voilà l'esprit humain sorti de ses ornières ;
De la liberté vraie enfin le jour a lui !
Avant vous l'univers sans guide et sans appui
Marchait tel qu'un aveugle à tâtons et dans l'ombre,
Ou plutôt dans la nuit de nos erreurs sans nombre.
Tombe donc à genoux, ô race des humains,
Aux pieds de tes sauveurs, et baise-leur les mains ;
Que vivre loin de Dieu, que mourir dans sa haine
Soit le sublime fait de la sagesse humaine !
. . . .
Mais alors la vertu, le devoir n'est qu'un mot,
Et le soldat qui meurt pour ce devoir, un sot.
Par l'athéisme abject, quand une âme est flétrie,
Que peut signifier l'amour de la patrie ?

Sur ce cercueil athée, inclinez le drapeau !
Inclinez avec lui vers la nuit du tombeau
La France du passé, noble, vaillante et fière ;
La France de demain gisant dans la poussière !
Jeanne d'Arc et Bayard tristes, la larme à l'œil,
Vous regardent passer conduisant ce grand deuil.

. . . .
. . . .
. . . .

Non, tu ne mourras pas, ô patrie, ô ma France !
Nos cœurs comme un trésor gardent cette espérance.
Non, tu ne mourras pas ! puisqu'est vivante encor
La foi qui donne à l'âme un généreux essor.
Mais il faut l'affirmer avec un vrai courage,
Sans rien craindre que Dieu, tenant tête à l'orage.
Pour la France, pour Dieu, fils des croisés, debout !
Car pour les cléricaux, la France et Dieu, c'est tout !

NOTES......

NOTES.

(1) Pour arriver au but il nous faut bien des têtes.

Au congrès de Liége de 1865, le citoyen Pellering avait dit : « On a parlé de guillotine ; » nous ne voulons que renverser les obstacles. *Si cent mille têtes font obstacle, qu'elles tombent, oui ! — L'Ami du Peuple* du 20 mars 1876 ajoute que, pour se venger des Versaillais, ce n'est plus seulement 100,000 têtes qu'il faut, mais 230,000.

(2) A vous faire martyrs, tous ne sont pas d'humeur.

Voici les paroles de M. de Laveleye, directeur de la *Revue de Belgique* et professeur à l'Université de Liége : « Sans doute il ne s'agit pas de faire des martyrs...; mais la *prison*, les *amendes* et le *bannissement* sont des armes légales ; pourquoi ne pas s'en servir ? » — Et dire qu'une Revue française et qui se pique d'avoir de la tenue, la *Revue des Deux-Mondes*, donne volontiers l'hospitalité de ses colonnes à ce Monsieur.

(3) ...... La noire calomnie
Qui fait que la vertu par le vice est honnie.

Je n'ignore pas que, ces derniers temps, les feuilles radicales ont fait un tapage inouï au sujet d'un scandale donné par une notabilité du parti catholique et royaliste.

Ces sortes d'événements sont si rares parmi nous, qu'ils surprennent nos ennemis à un point qui touche à l'hébètement. D'ailleurs, c'est avant tout une question de principes. Or la morale chrétienne, loin d'encourager le vice, en est au contraire la formelle condamnation. La *morale* radicale, niant Dieu, l'âme humaine, le libre arbitre, est foncièrement immorale. Ces nouveaux docteurs n'ont-ils pas osé déclarer : « qu'il n'y a pas de coupables, qu'il n'y a que des ignorants et des malades. » (*Droits de l'homme*, avril 1876. — Eh bien ! pourquoi tant crier au scandale, puisqu'il n'y a pas de *coupable*?

(4) Mais la délation, mais la mise hors la loi.....

Devant la commission de la Chambre des députés, l'auteur du projet de suppression du budget des cultes disait : « L'église catholique est aujourd'hui un *foyer de rébellion* contre la forme actuelle de gouvernement, contre le régime de la société moderne. — *Il ne devrait pas y avoir pour le clergé*, si c'était possible en fait, *de droit à l'existence.* » — (*Droits de l'homme.* — Cité par la *Défense* du 7 juin 1876.)

(5) L'on vous appellera : *La lèpre dévorante.*

C'est de la sorte que M. L. Gambetta a qualifié le clergé français, dans un des discours prononcés à Lille et à Saint-Quentin.

Un danger pour la France et l'Europe tremblante.

C'est la traduction à peu près littérale de ce

passage de son discours de Lille : « C'est là, je
« vous le déclare en toute vérité, qu'est le péril,
« non-seulement français, mais européen ; c'est
« là qu'est l'anarchie, le désordre et la haine. »
— Après cela, on est ravi de l'entendre s'écrier,
dans le même discours, qu'il est respectueux de
tous les cultes. — Farceur !

(6) Il faut, dit celui-ci, que le papisme tombe !

Ce cri sauvage a été poussé par M. Quinet.
J'ai seulement substitué au mot *catholicisme*
cet autre : le papisme. — « Il faut que le catholicisme tombe ! » Il répétait avec Marnix : « Il
faut étouffer le papisme dans la boue ! » (*Intro-
duction aux œuvres de Marnix*, p. 11.) —
Quelle aimable politesse !

(7) Contre la robe noire..... etc.

On lit dans le *Rappel*, sous la date du 28
pluviôse an 84 (?) : « Que les républicains for-
ment un bataillon carré contre l'*Internationale
noire.* » — M. Barodet, décidément, broie du
noir !

(8) Le prince Napoléon, député. (Dernière
session extraordinaire de la Chambre des députés, 1876.)

(9) Ce même prince, connu par sa vaillance,
gagnait l'Italie à l'époque de nos désastres, et
M. Gambetta Saint-Sébastien en Espagne, pendant la Commune.

(10) Et le Code civil moins que le *Syllabus*.

Le lecteur n'ignore pas que le *Syllabus* n'est que le résumé des erreurs de notre temps condamnées par le souverain pontife. Pie IX a autant vengé le bon sens que la théologie.

(11) Votre foi nous outrage.

Avec le dernier prêtre disparaîtra le dernier vestige d'abrutissement et d'erreurs. » (*Ami du peuple*, 27 février 1876.)

(12) Mais vainement pour eux on a tendu la main.

Amendement de M. le marquis de Valfons, demandant qu'on élevât à 1,200 francs le traitement des succursalistes.

(13) Il refuse une obole aux Sœurs, à leurs vieillards.

Le Conseil municipal de Paris, il y a quelques jours, accordait 30,000 francs — un journal dit 80,000 — aux familles des communeux de Nouméa, et refusait une subvention de 1,500 francs aux *Petites-Sœurs des pauvres*.

(14) C'est un fait que presque tous les chefs de la Commune ont prudemment passé la frontière, où ils rédigent des articles brûlants en faveur des misérables qu'ils ont perdus.

(15) Il voudrait sur ce plan construire un nouveau
[monde.

On lit dans un ouvrage matérialiste et athée: « Il se fait aujourd'hui, *par la science*, une régénération radicale qui, changeant toutes les conditions mentales, changera parallèlement toutes *les conditions matérielles* de la société.» (*Conservation, Révolution, Positivisme*, XXX, p. 170). Avais-je tort de supposer à ces fortes têtes un projet de création nouvelle ?

(16) Quelle est donc à Arcueil ....?

Tout le monde connaît la délicieuse habitation des Raspail à Fontenay-aux-Roses.

(17) *Rapport officiel de la Cour des comptes*, cité par *la Patrie*. — *Rapport de la Commission des marchés*, page 304 :

Cuisine de la Préfecture (Marseille), pour les administrateurs . . . . 17,128f. »
   Château-Laffite et Château-Margaux,
à 8 fr. la bouteille ; punchs, sirops, bombes glacées ; caisses de cigares *extra* à 30 cent. 2,876 75
Les gages (100 fr. par mois) d'une femme Janseline qui s'intitule femme de chambre du citoyen Esquiros, etc., etc.

(18) M. Menier soutient le *Bien public*. Comme tous les purs, il a adopté le calendrier républicain.

(19) Souvenir de la dictature de M. Gambetta, ministre de l'intérieur et de *la guerre* (4 septembre 1870, 6 février 1871). Le brave général Bourbaki en particulier doit s'en souvenir.

(20) Eh bien ! l'on nous a vus pour nos propres
[affaires.

Je fais allusion aux événements qui suivirent
le 4 septembre 1870 : Dissolution du Corps
législatif, dissolution des Conseils généraux,
25 novembre. Les élections nouvelles renvoyées
jusqu'au 8 février 1871.

(21) Ces invalidations de parti pris ont été
un véritable scandale pour ce que la France
compte encore de gens sensés. Qu'on se rappelle les vicissitudes de l'élection de M. de
Mun, validée enfin par pudeur.

(22) Une loi qui nous gêne, à proprement parler....

Ce même M. de Laveleye, déjà cité, n'a-t-il
pas eu l'audace d'écrire dans sa *Revue de Belgique* : « La vérité, *c'est nous qui la créons.*
Les nécessités sociales, c'est *nous qui les défi-
nissons.* » Modestie adorable !

Cette incroyable théorie est encore celle de
nos républicains doctrinaires.

(23) De notre République, autre opération,
Fondamentale encor : c'est l'épuration.

Jamais aucun gouvernement n'a pratiqué sur
une aussi vaste échelle la destitution et le rem-
placement des fonctionnaires : opération excellente pour désorganiser l'administration de la
chose publique.

(24) De l'homme l'on a dit que c'est un grand enfant : C'est du Français d'abord que la chose s'entend.

Le patriotisme ne consiste pas à se faire illusion sur ses défauts. Dès le XVIe siècle, J. Barclay écrivait, parlant de la France : « C'est une nation supérieurement brave, mais lorsqu'elle se déborde, elle n'est plus la même. » Et le comte de Maistre, après lui : « Les Français réussiront toujours à la guerre sous un *gouvernement ferme qui aura l'esprit de les mépriser en les louant.* » (*Consid.*, chap. 8.) Ne pourrait-on pas appliquer à la France politique ces jugements portés sur la France militaire ?

(25) Vous êtes mille fois plus que nous tolérants.

« On nous prêche la tolérance ; pas de tolérance. » (Le citoyen Brismée au congrès de Liége).

(26) La tolérance, en fait de doctrine religieuse, manque absolument d'esprit. Elle me représente très bien ces caractères *sans caractère* qui ne savent dire ni oui ni non. Rien de moins français.

(27) Nous avons applaudi la Prusse à Sadowa.

Le radicalisme a toujours été sympathique à l'unification anti-cléricale de l'Allemagne, comme à l'unification révolutionnaire de l'Italie. Ce sentiment a été exprimé de la manière la plus claire aux obsèques de Michelet. Le jeune orateur qui se fit l'interprète de ses camarades, *même de ceux venus d'au-delà de nos frontières,* honorait dans l'écrivain anti-clérical *celui* dont tous les efforts ont eu pour but la *déchristianisation des races latines.*

(28) Défaite de Garibaldi à Aspromonte, 29 août 1862. Il est blessé *au talon* dans quelque engagement avec les troupes pontificales.

(29) Apre à l'émargement.....

On sait qu'il a accepté de la *monarchie* italienne une très belle rente, sans compter son île de Caprera.

(30) Pillage de l'évêché et autres demeures, par les troupes du grand Condottière.

(31) On se rappelle avec tristesse les ridicules proclamations du chef de la délégation de Tours et de Bordeaux, ces annonces de sorties certainement victorieuses, etc.

(32) Le prudent dictateur vite fuyant l'orage.

La Gazette de France vient de publier quelques dépêches télégraphiques échangées, à cette époque, entre M. Méline, resté à Paris, et M. Gambetta, se reposant à Saint-Sébastien.

Je note celles-ci :

Méline à Gambetta.

Paris, 26 mars.

Résisterai avec aide de Tirard, mais vous-même ?.....

Gambetta à Méline.

Saint-Sébastien, 27 mars.

Ai fait mon devoir ; ai pris Longjumeau. Santé délicate. — Climat Saint-Sébastien très sain pour maux de gorge.

Méline à Gambetta.

Pas bien ! tandis que jours à Tirard et à moi menacés, de dormir sous orangers Saint-Sébastien.

Gambetta à Méline.

Pas d'orangers à Saint-Sébastien ! Ah ! vous bien attrapé ! — Et le reste à l'avenant.

(33) Février 1871, quand la nouvelle Assemblée législative se réunissait à Bordeaux.

(34) Historique. — Si je ne me trompe, ces fières paroles furent prononcées à l'époque de l'entrevue de M. J. Favre avec Bismark, à Ferrières, 19 septembre 1870.

(35) Son discours, sous l'Empire, en faveur du pouvoir temporel du Pape.

(36) Il a dit que la République en France conduit au *sang ou à l'imbécillité.*

(37) Sans nier les services rendus à la France par M. Thiers, à cette époque, on ne peut que déplorer l'égoïsme qui lui fit perdre de vue sa mission : reproche que l'histoire adressera un jour à beaucoup d'autres encore !

(38) Or, cette vérité n'est pas ce qu'on la fait......

La vérité, c'est nous qui la créons, a écrit M. de Laveleye. (*Revue de Belgique.*)

(39) Science, tout est là ......

Aujourd'hui, par le *progrès continu de la science*, l'idée de Dieu commence à se défaire, et déjà, comme les rois, les cultes s'en vont. (L. Viardot, *La science et la conscience.*)

(40) C'est à l'homme aujourd'hui que l'homme se
[soumet.

L'élément divin une fois éliminé de l'autorité, il est impossible que l'obéissance ne soit pas entachée d'esclavage. Elle n'a même plus raison d'être. Le devoir n'a aucune signification. C'est partout le règne de la force. La force, toute seule, c'est l'anarchie sanglante qui fatalement appelle la dictature ou la ruine.

Telles sont les leçons de l'histoire.

(41) Jamais comme cet homme un homme n'a parlé.

(Evangile selon saint Jean, chap. 7, v. 46. — Saint Mathieu, chap. 8.)

(42) Saint Luc, chap. 12, v. 49.

(43) Le Christ revit par elle et par elle a vaincu.

Eternel désespoir des ennemis de Dieu et de l'Eglise! Par une sublime inspiration, un pape, Sixte-Quint, a fait graver sur l'obélisque du Vatican : Le Christ est vainqueur, le Christ

règne, le Christ commande ! — C'est la grande
parole du passé, du présent même et de l'avenir !

(44) Le radieux flambeau de sa pure doctrine.

Ce tableau raccourci de la civilisation par la
foi a pour garants de sa vérité les témoignages
historiques les plus irrécusables. « Chose admirable ! a dit Montesquieu, la religion chrétienne,
qui ne semble avoir d'autre objet que la félicité
de l'autre vie, fait encore notre bonheur dans
celle-ci...... Nous verrons que nous devons au
Christianisme, et dans le gouvernement un certain droit politique, et dans la guerre un certain droit des gens, que la nature humaine ne
saurait assez reconnaître. » (*Esprit des lois,*
liv. XXIV, chap. 3.)

(45) Même elle enchaînerait le démon de la guerre.

Il n'y a qu'un moyen de comprimer le fléau
de la guerre, c'est de comprimer les désordres
qui amènent cette terrible purification. — (De
Maistre, *Considérat. sur la France,* chap. 3.)

(46) Près des peuples, il est de Dieu l'ambassadeur.

(Paroles de l'apôtre saint Paul, 2ᵉ épit. aux
Corinthiens, chap. 5, v. 20.)

(47) Car lui-même est du peuple et n'a pas grand
[argent.

De nos jours, le sacerdoce ne se recrute guère
que dans les rangs du peuple. La plupart de
nos prêtres, sans patrimoine, n'ont, pour sub-

sister, que les 900 fr. accordés par le gouvernement, et les revenus plus que problémati-
ques d'un casuel insuffisant. — Lire l'intéres-
sant Rapport fait à ce sujet par Mgr Dupanloup,
devant le Sénat, décembre 1876.

(48) Et vous nommiez, émus, tout au fond de votre
[âme.

C'était au siége de Strasbourg, dit un témoin
de ces scènes terribles ; un éclat d'obus met un
de nos hommes hors de combat. Aussitôt une
sœur de charité accourt ; et au moment où
elle se penche pour secourir le blessé, la
sainte fille est elle-même coupée en deux par
un obus. Une nouvelle sœur se précipite......
« Retirez-vous, dis-je : Vous le voyez, votre
place n'est pas ici. — Pardon, Monsieur, fit-
elle avec un sourire que je n'oublierai jamais ;
vous connaissez le proverbe : « Quand un car-
reau est cassé, on en met un autre en place. »
— C'est de l'héroïsme tout pur. — Cette *lèpre
dévorante* ne laisse pas que d'être sublime.

(49) Que son premier parrain ou mieux encor son
[père
Fut ce noble clergé qui la fit si prospère.

Le protestant Gibbon l'a reconnu et proclamé
dans son *Histoire de la Décadence*, chap. 38.
— M. Guizot après lui dans son *Histoire de la
civilisation.*

(50) Depuis, je dois le mentionner, sur l'ini-
tiative du Sénat, le crédit, — un crédit insuffi-

sant toutefois, — a été rétabli par cette même Chambre des députés. Mais en le rétablissant, la Chambre basse, par l'organe du président du Conseil, a montré que son hostilité à cette loi persistait toujours.

(51) Mgr Affre, frappé à mort quand il était sur la barricade, un rameau d'olivier à la main. (25 juin 1848.)

(52) Et puis, le jour venu, lorsque l'émeute gronde,
La place de ce prêtre est au chemin de ronde.

Souvenir récent encore du massacre des otages, à la Roquette : Mgr Darboy, M. l'abbé Deguerry, curé de la Magdeleine, etc. (24 mai 1871.)

(53) On le verra soudain lever la crosse en l'air.

Prise dans son ensemble, l'armée a été vraiment admirable à l'époque funeste de la guerre étrangère et de la Commune. — Il y a eu néanmoins quelques défections, quelques régiments qui ont fraternisé avec les révoltés.

TABLE DES MATIÈRES.

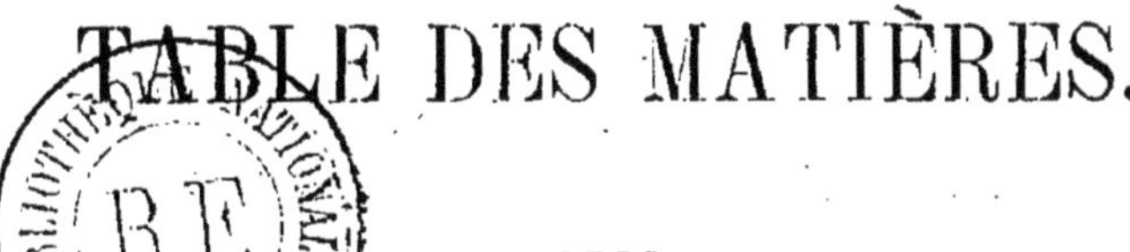

	Pages.
A Messieurs les membres des Cercles catholiques	3
La fraternité radicale	7
L'égalité radicale	12
La liberté radicale	16
L'amour du radical pour la France	23
L'amour du radical pour le peuple	27
Aux radicaux	30
La lèpre dévorante	32
Prêtre et soldat	38
Le dernier terme du radicalisme athée	41
Notes	44

Alais, Imprimerie J. MARTIN, place St-Jean et r. Dumas, 5.

9 782014 025675